ANNALES DU MUSÉE GUIMET

REVUE

DE

L'HISTOIRE DES RELIGIONS

PUBLIÉE SOUS LA DIRECTION DE

M. JEAN RÉVILLE

AVEC LE CONCOURS DE

MM. E. AMÉLINEAU, AUG. AUDOLLENT, A. BARTH, R. BASSET, A. BOUCHE-LECLERCQ, J.-B. CHABOT, E. CHAVANNES, P. DECHARME, E. DE FAYE, A. FOUCHER, COMTE GOBLET D'ALVIELLA, I. GOLDZIHER, L. LÉGER, ISRAEL LÉVI, SYLVAIN LÉVI, G. MASPERO, ED. MONTET, F. PICAVET, C. PIEPENBRING, ALBERT RÉVILLE, J. TOUTAIN, ETC.

Secrétaire de la Rédaction : M. PAUL ALPHANDÉRY.

A. O. IVANOVSKI

SUR UNE TRADUCTION C[...]
DU RECUEIL BOUDHIQUE « JAT[...]

PARIS
ERNEST LEROUX, ÉDITEUR
28, RUE BONAPARTE (VIe)

1903

SUR UNE TRADUCTION CHINOISE

DU RECUEIL BOUDDHIQUE « JĀTAKAMĀLĀ »

SUR UNE TRADUCTION CHINOISE

DU RECUEIL BOUDDHIQUE « JĀTAKAMĀLĀ »[1]

La traduction chinoise de ce recueil porte le titre de « *Pou-sa-pen-cheng-man-loun* » : elle se trouve dans le tome 136 de la collection des livres bouddhiques (*San-ts'ang*)[2]. Elle contient 16 chapitres (kiuen). Les « jâtakas » (14 en tout) remplissent les quatre premiers chapitres; les 12 autres sont, pour ainsi parler, un commentaire théologique (*loun*?) des « jâtakas ». Ce commentaire est lui-même subdivisé en parties (de 11 à 34, conformément au nombre des « jâtakas »). Le texte en est extrêmement obscur et le sens est difficile à saisir : la raison en est, vraisemblablement, que la traduction chinoise est mauvaise, attendu que le commentaire est certainement de provenance hindoue. La traduction désigne comme auteur des « jâtakas » et du commentaire Âryaçûra (*Cheng-young-pou-sa*) et d'autres (*teng*), comme traducteurs *Chao-te*, *Hoei-siun* et d'autres encore qui vivaient sous la dynastie Soung (960-1279). Le catalogue bien connu de livres bouddhiques « *Yué-ts'ang-tcheu-tsing* » désigne Âryaçûra comme auteur des « jâtakas », et attribue le commentaire (jusqu'à 34) à un certain *Tsi-pien*, à un certain *Cheng-tien* (Âryadeva?) et à d'autres encore[3].

1) Traduit du russe sur le tirage à part de l'original publié dans le t. VII des *Mémoires de la section orientale de la Société impériale russe d'archéologie* (Pétersbourg, 1893).

2) Catalogue de la Bibliothèque de l'Université, Xyl., 431; Bunyiu Nanjio (*A Catalogue of the Buddhist Tripitaka*), nº 1312 et boîte XIX, vol. 5 de l'édition japonaise).

3) Bunyiu Nanjio, à ce qu'il semble, prend à tort les quatre caractères pour le nom d'un seul personnage.

C'est ainsi que l'entend, vraisemblablement, l'auteur d'un autre catalogue « *Tcheu-yuen-fa-pao k'an-toung-tsoung-lou* »[1] où il est dit (*tk*. 9, l. 16) que les auteurs de cet ouvrage sont Cheng-young (Âryaçûra), Tsi-pien, Cheng-tien, et d'autres encore ; que la traduction est l'œuvre d'un çramana du temps des Soung, Chao-té, et de plusieurs autres. Ce catalogue ne mentionne pas de texte tibétain correspondant à cet ouvrage. En effet, il n'existe pas de texte tibétain qui corresponde au texte chinois, mais l'ouvrage d'Âryaçûra (les 34 jâtakas) existe en tibétain. On le lit au commencement d'un recueil de 101 « jâtakas » *Ston-pa-thams-čad-mkhyen-pa'i-skyes-rabs-phren*[2] : il constitue un ouvrage particulier et l'auteur est désigné sous le nom de *Dpa'-bo* c'est-à-dire Çûra[3]. Ces 34 « jâtakas » concordent avec les « jâtakas » sanskrits. Ces 101 « j. » sont comptés par dizaines, à partir du premier ; chaque dizaine se termine par l'indication du titre des « jâtakas » qui la composent. Quelques-uns des « j. » du recueil chinois concordent avec certains des « j. » qui figurent dans deux traductions d'un ouvrage bien connu, le Damamûka : dans la traduction tibétaine[4] *mdzans-blun* (*Dzang-loun*) et dans la traduction chinoise « *Hien-yu-yin-yuen-king*[5] ». On trouve aussi quelques « jâtakas » correspondants dans l'ouvrage inti-

1) Xyl., Q. 221. Catalogue de la Bibl. de l'Université. Cf. Schiefner, A. *Mél. As.*, I, 408.

2) Bunyiu Nanjio, n° 1612. Plus bas, il est désigné sous la forme abrégée *Kan-lou* : il figure dans le tome 47e du « San-ts'ang « avec un autre catalogue « *Ta-ts'ang-cheng-kiao-fa-pao-piao-mou* » (N° 1611 de Bunyiu Nanjio; plus bas, sous la forme abrégée : *Piao-mou*). [Ed. japon., boîte XXXVIII, vol. 8].

3) *Mélanges Asiatiques*, I ; traduit par Vidyâkara simha, savant indien et pandit, et par le grand correcteur Manjuçrî.

4) Nous l'appelons *Dzl.* : le texte et la traduction ont été édités par Schmidt en 1843 sous le titre de « *Der Weise und der Thor* ».

5) Nous l'appelons *Hien-k*. — Bunyiu-Nanjio, n° 1322 [éd. jap., boîte XIV, vol. 9]. Elle est plus complète que la traduction tibétaine : elle compte 69 chapitres (le texte tibétain n'en comprend que 51 (52).) Les titres des chapitres supplémentaires sont cités à la fin de cet article. Par suite, comme l'ordre de ces deux ouvrages n'est pas le même, j'ai aussi dressé une table qui permet la comparaison.

tulé *Siuen-tsi-pai-yuen-king*[1], et encore, sous la forme de récits isolés, dans le « *San-ts'ang* (Tripitaka). Je les ai tous comparés, et les variantes sont citées dans les remarques.

Dans l'original sanskrit de la « Jâtakamâlâ » figurent 34 « jâtakas » : la traduction chinoise ne contient que 14 récits. Tous ces récits n'ont pas le caractère d'un « jâtaka » : certains retracent des scènes de la vie réelle, et sont visiblement antérieurs au « jâtaka » absent. Comment expliquer ce fait? En comparant d'autres textes chinois, sanskrits et pâlis (p. ex. Saddharmapuṇḍarîka, Milindapañha, Vinaya, etc.) nous constatons que les traducteurs chinois se permettaient plus ou moins d'abréger le texte ; ils laissaient tomber les menus détails, abrégeaient les vers, mais l'important et l'essentiel étaient transcrits avec une exactitude littérale. Par suite, on pourrait se croire autorisé à admettre hardiment que le texte sanskrit de la « Jâtakamâlâ », au temps où fut écrite la traduction, n'était pas encore définitivement fixé, et qu'il variait suivant les régions. Cette supposition apparaît encore plus vraisemblable, si l'on réfléchit au respect que professaient et professent encore pour leurs « Écritures » les bouddhistes de l'Inde et de la Chine. Les deux hypothèses sont également peu admissibles; ni le texte sanskrit n'a pu arriver aux traducteurs sous une forme altérée et incomplète, ni les traducteurs chinois n'ont pu le traduire avec négligence et par fragments, laissant ainsi leur tâche inachevée.

§ 1. *Par le sacrifice de son corps il nourrit une tigresse.*

Bouddha, accompagné d'une grande foule se rend au Pâñcâla. Il entre dans une forêt et ordonne à Ânanda de lui installer une retraite. Une fois assis, il demande à tous les moines s'ils ne veulent pas voir les reliques (*ché-li*, çarîra) qui subsistent d'une de ses existences méritoires dans le

1) Dans le 138e tome du « San-ts'ang » c'est le Pûrṇamukha-avadânaçataka. Bunyiu Nanjio, no 1324. [Ed. jap., boîte XIV, vol. 10.]

passé. Tous en expriment le désir. Bouddha touche la terre de la main. Le sol tremble (des dix sortes d'agitation). Alors apparaît un stûpa fait des sept pierres précieuses. Il contient une boîte faite des sept pierres précieuses : Ânanda l'ouvre, sur la proposition de Bouddha. On voit ses reliques, blanches comme l'agate ou comme la neige. Bouddha dit que ce sont les ossements « d'un grand homme » (*ta-cheu*, Bodhisattva), puis il prononce une courte « gâthâ »[1], et ordonne à ses disciples d'honorer les reliques (çarîra). Il fait alors ce récit :

« A une époque très reculée, vivait un roi nommé « le grand char » (*Ta-tche-wang*, tib. *Çin-rta-chen-po*[2]) Mahâratha. Il avait trois fils : Mahâbala (*Mo-ho-po-lo*, tib. *Sgra-chen-po*), Mahâdeva (*Mo-ho-ti-po*, tib. *Lha-chen-po*), et Mahâsattva (*Mo-ho-sa-touo*, tib. *Sems-can-chen-po*). Ils se promenaient tous trois quand ils aperçurent dans un bois de bambous une tigresse qui avait enfanté 7 jours auparavant 7 petits. L'aîné des fils du roi dit : « Ses petits l'entourent et ne lui donnent pas le temps de chercher sa nourriture : épuisée par la faim et par la soif, elle va certainement les manger (ses petits) ». Le second fils, à ces mots, dit : « Hélas! cette tigresse, à bref délai, va mourir, comment pourrais-je sauver sa vie? » Le plus jeune fils réfléchit : « Mon corps, au cours de centaines et de milliers de renaissances, s'est inutilement gâté et anéanti; jamais il n'a rendu le moindre service. Pourquoi ne pourrais-je le sacrifier aujourd'hui?... Il faut contraindre mon corps à faire une grande et généreuse action, à devenir sur la mer de la naissance et de la mort une grande barque... Je dois donc maintenant (le) sacrifier pour obtenir le suprême et véritable nirvâṇa. Alors le fils du roi, Mahâsattva (après avoir dit à ses frères de marcher en avant, car il les rejoindrait) entra dans le bois de bambous, ôta ses vêtements et se coucha devant la tigresse. Celle-ci ne le toucha pas. D'un

1) 4 demi-vers : « Le Bodhisattva, s'exerçant aux six pâramitâs, gagne virilement la « bodhi » : [par suite] le sentiment de la magnanime abnégation ne s'affaiblit pas [dans son âme].

2) Nous citons les noms tibétains d'après le Dzl.

tertre il s'élança sur la terre et, ayant réfléchi que la tigresse, à cause de sa faiblesse, ne pouvait le dévorer, avec un morceau de bambou desséché il se fit une blessure au cou, et fit jaillir le sang. Tremblement de terre. Ténèbres, comme celles que produit une éclipse. Pluie de fleurs. Louanges des êtres célestes. La tigresse lécha tout le sang, et mangea toute la chair, ne laissant que les os. Les frères [de Mahâsattva], après une longue attente, commençaient à s'ennuyer : ils retournèrent à l'endroit où ils avaient vu la tigresse, et aperçurent les os de leur frère. Ils ne reprirent leurs sens que longtemps après et s'éloignèrent en pleurant. La reine (la mère) a un songe prophétique : (ses deux seins sont tranchés, ses dents sont tombées sur la terre; de trois colombes qui ont apparu, l'une a été ravie par un faucon). Elle va trouver le roi et lui dit qu'elle a perdu son plus jeune fils, qu'elle chérissait. Le roi est affligé, mais il la calme et, avec sa suite, va se mettre en quête de son fils... Deux seigneurs apparaissent et racontent comment le fils du roi s'est volontairement sacrifié. La reine et le roi se rendent à l'endroit où le « bodhisattva » s'est immolé. Leur tristesse. Les restes du bodhisattva sont déposés dans un stûpa de pierres précieuses. Bouddha explique à Ânanda que ce sont ses reliques, que Mahâsattva c'est lui, Bouddha, — que le père de Mahâsattva (Mahâratha) c'est le roi Çuddhodana, — que la reine, c'est Mâyâ; le fils aîné c'est Maitreya (*Mi-le*, tib. *Byams-pa*), le second fils, c'est Mañjuçrî (*Wen-chou*, tib. *Ba-mi-su-tra* Vasumitra?), la tigresse, c'est la tante de Bouddha, les sept jeunes tigres, ce sont le grand Maudgalyâyana, Çâriputra, et les cinq grands bhikṣus.

Allégresse générale. Le stûpa de pierres précieuses disparaît de nouveau.

§ 2. *Le roi Çibi sauve la vie d'une colombe.*

Bouddha dit à tous les bhikṣus : « Autrefois dans le Jambudvîpa régnait un grand roi du nom de Çibi. La capitale s'appelait *Ti-po-ti*. Le roi était très riche : beaucoup de vassaux, de femmes, d'enfants et de fonctionnaires. Le roi se distinguait par toutes les qualités de l'âme : il regardait ses sujets comme ses jeunes enfants.

Çakradevendra (*Ti-cheu t'ien-tchou*) se décide à quitter les 33 dieux, attendu que l'enseignement des Bouddhas a disparu du monde et que les grands bodhisattvas n'apparaissent pas. Son familier le grand seigneur *Pi-cheou-t'ien-tzeu* lui indique le roi Çibi et le prie de l'éprouver. Çakradevendra ordonne à Pi-chou de se transformer en colombe; quant à lui, il prend la forme d'un faucon. A cette occasion (pour rassurer Pi-chou) il prononce une « gâthâ » en 4 demi-vers :

> Je n'ai point proprement de mauvaise intention :
> Comme avec le feu on éprouve l'or vrai,
> Ainsi par ce moyen je fais l'épreuve du bodhisattva :
> Je saurai s'il est authentique ou non.

Une colombe vient se réfugier sous l'aisselle du roi. Un vautour dit au roi que la colombe est sa nourriture, qu'il a faim : il demande qu'on la lui rende.

Le roi répond qu'il a juré de sauver toutes (les créatures). Le faucon déclare que, dans le cas contraire, lui, faucon, périra de faim. Le roi se décide à racheter la vie de la colombe par sa propre chair. Le faucon en réclame un poids déterminé.

Il découpe de la chair de ses deux hanches. C'est trop peu : la chair enlevée aux mains et aux côtes est encore insuffisante. Le roi tombe en faiblesse, mais il revient à lui et se place tout entier sur le plateau de la balance. Tremblement de terre. Joie des êtres célestes. Çakradevendra reprend sa forme réelle, et demande au roi ce qu'il désire (veut-il être Çakravartin, Indra, Brahma, etc. ?). Le roi déclare qu'il désire obtenir la voie du Bouddha. Çakradevendra l'interroge de nouveau : ne regrette-t-il pas son acte, en voyant son corps ainsi mutilé? Le roi répond qu'il ne le regrette nullement, et pour prouver qu'il dit vrai, sur le désir qu'il en exprime, son corps reprend sa forme primitive. Allégresse.

Le roi Çibi c'est le Bouddha Çakyamuni. Joie de toute l'assemblée[1].

§ 3. *Le Bodhisattva erre en demandant l'aumône.*

Bouddha se trouvait dans le pays de Magadha, dans une retraite pure, située dans une forêt de bambous. Avec Ânanda il se rend à la ville pour demander l'aumône. Il voit deux aveugles, un vieillard, une vieille femme, qui vivent dans une affreuse pauvreté. Leur fils unique, âgé de sept ans, les nourrit avec les dons qu'il recueille : il donne ce qu'il a de meilleur à ses parents, et garde pour lui ce qu'on lui donne de plus mauvais. Une fois de retour, Ânanda demande à Bouddha de lui expliquer ce fait. Bouddha dit que, dans le monde comme dans les monastères, le respect filial est la première vertu, que lui-même autrefois, pour sauver la vie de ses parents il a entaillé sa chair, et que, en récompense, il a été le maître des cieux (Indra), le roi des hommes (Cakravartin), et qu'il est même devenu Bouddha. Ânanda lui demande de lui raconter son aventure. Bouddha fait le récit suivant :

« Autrefois dans le Jambudvîpa était le grand royaume de Takṣaçîla (*Te-tcha-chi-lo*). Le roi s'appelait Deva (*Ti-po*, mong. *Tengri*). Il avait dix fils. Chacun gouvernait un royaume. Le plus jeune avait nom *Chen-tchou* (« celui qui est bien établi ») : son royaume jouissait d'une grande tranquillité. Il fut attaqué par un méchant voisin, le roi *Lo-heou* (Râhu). Le roi Chen-tchou dut céder à des forces supérieures. Il s'enfuit dans le royaume de son père avec sa femme et son fils *Chen-cheng* (« le bien-né »), qui était à l'âge où l'on porte une touffe de cheveux, et où les dents de lait font place à

1) Suit la conclusion. Ce sont, à quelques modifications près, les paroles de Brahma qui figurent dans le « Dzl. » tibétain (trad. allemande, p. 120); elles n'ont aucun lien avec le « jâtaka » lui-même. N'y a-t-il pas là une marque que le récit a été directement emprunté à une source quelconque?

d'autres[1]. Il y avait deux routes : l'une demandait sept jours de marche, l'autre quatorze. Ils avaient des vivres pour sept jours : ils s'égarèrent. Les vivres étaient épuisés. Affamé, désirant sauver son fils, le roi résolut de tuer sa femme. A cette intention, il lui ordonna de prendre son fils par la main, et de marcher devant : lui, les suivait par derrière, armé d'un poignard. L'enfant, en se retournant, vit son père lever le poignard. Il le supplia d'épargner la vie de sa mère et de prendre de la chair sur le corps de son fils. Pour que cette chair ne se gâte pas, il lui conseille de ne la couper qu'au fur et à mesure. Les parents ne peuvent se décider à la couper : l'enfant entaille lui-même son corps. En quelques jours, ils ont dévoré toute la chair : il n'en reste que quelques lambeaux entre les os. Les parents les enlèvent, couvrent leur fils de caresses et l'abandonnent. Tremblement de terre. Çakradevendra apparaît sous la forme d'un tigre pour mettre à l'épreuve la fermeté de l'enfant. Celui-ci, loin de s'effrayer, se réjouit que ses os puissent aussi rendre service. Çakradevendra reprend sa forme réelle. L'enfant exprime sa ferme intention de chercher la voie suprême du Bouddha. Son corps reprend sa forme primitive. »

Bouddha dit à Ananda : Le vieux roi, c'était le roi Çuddhodana, sa femme, c'était Mâyâ (Mo-ye), le fils du roi, Chen-cheng, c'était moi, Bouddha.

§ 4. *Transformations miraculeuses.*

Le texte chinois reproduit, mais sous une forme beaucoup plus abrégée, le XIIIe chapitre du Dzang-loun tibétain, qui raconte la dispute de Bouddha avec les six docteurs Tîrthikas. Au début les deux textes se ressemblent davantage, mais le texte chinois a supprimé presque tous les dialogues et les a réduits à quelques mots. A partir du royaume de Kauçambi, il se borne à énumérer les noms des royaumes. Par contre

1) 7 ou 8 ans.

dans le dernier royaume, celui de Çrâvastî (*Che-wei*, tib. *ñan-du yod-pa*) Bouddha, dans le texte chinois, ne répond pas au roi Prasenajit (*Cheng-kiun* Ssaldschal) la phrase stéréotypée du texte tibétain : « Je connaîtrai moi-même le temps », mais il s'exprime en ces termes : « Grand roi, cela n'a pas le moindre fondement; maintenant en effet est venu le temps [d'agir] comme ils [les tîrthikas] le demandent ». La description des miracles, accomplis par Bouddha dans l'espace de 8 jours, est semblable[1] : elle est seulement un peu abrégée. Les huitième jour, les docteurs tîrthikas meurent[2]. Ensuite, il n'est pas question des invitations pour les jours suivants (tous les rois les ont-ils déjà invités à tour de rôle ?) et le roi Bimbisâra (*Ping-cha-wang*) demande directement à Bouddha de lui expliquer pourquoi les 6 docteurs tîrthikas, bien qu'ils se soient rencontrés avec lui, Bouddha, n'ont pas été sauvés. Bouddha raconte le « jâtaka » qui figure dans le Dzang-loun (p. 91-97) : seulement la plupart des détails ont disparu. Le contenu du récit permet de se rendre compte des abréviations :

« Autrefois dans le Jambudvîpa vivait le roi *Ché-kiu-li* (Makâçakuli). Il était sans enfants. Indra lui apparaît sous la forme d'un médecin, qui fait bouillir des herbes dans du lait. La première des épouses royales repousse dédaigneusement la boisson. Les femmes[3] de second rang consentent à boire. Elles deviennent grosses. L'épouse de premier rang se repent; mais des herbes magiques il ne reste qu'un résidu : elle le fait cuire avec du lait. Les autres femmes donnent le jour à des enfants d'une grande beauté[4]; la première enfante un monstre, qu'on appela, à cause de sa conformation,

1) Inutile de signaler certaines divergences sans intérêt, p. ex. : le premier jour, l'arbre n'a pas 500 milles, mais 300 yojanas de hauteur, et les branches couvrent une étendue de 200 yojanas.

2) Le passage est obscur : le texte semble parler de « tous » et non de quelques-uns, comme dans d'autres passages.

3) Le nombre de 500 n'est pas indiqué.

4) Il n'est plus question d'eux dans la suite.

« Tronc d'arbre » Kuça. Cependant par sa vaillance il conquiert l'affection de son père. Ce dernier lui cherche une femme. Dans un royaume éloigné, le roi *Li-cha-po-tso* (Licchavi [?]) a une fille admirablement belle. Pour l'obtenir, six rois voisins livrent un combat. Kuça les défait tous et apporte leur tête au roi *Li-cha-po-tso*. Il obtient la main de sa fille, et retourne chez lui. La jeune femme à tout instant manifeste l'effroi que lui cause l'aspect repoussant de son mari. Kuça se rend dans une forêt et veut en finir avec la vie. Çakradevendra lui donne une pierre précieuse et lui ordonne de la placer secrètement sur le sommet de sa tête. Il est alors doué de beauté. Sa femme, tout d'abord, ne le reconnaît pas. Il lui raconte tout ce qui est arrivé. Son nom est changé en celui de *Siu-to-lo-ché* « Sudarça ».

Le roi *Ché-kiu-li*, c'était le roi Çuddhodana, la première épouse, c'était Mâyâ, Kuça, c'était le Bouddha, sa belle épouse, c'était *Ye-chou* (Yaçodâ, femme de Çakyamuni), les 6 rois, c'étaient Pûrṇa et les autres tîrthikas.

Remarque. C'est là que se termine le récit. Deux autres récits ont donc disparu, et, d'une façon générale, tout ce qui figure dans le Dzang-loun, p. 83-90, et p. 97-100.

§ 5. *Tathâgata (c'est-à-dire Bouddha) échappe aux effets du poison.*

Bouddha était descendu dans la ville de Râjagṛha. Le roi Ajâtaçatru (*A-che-cheu*) l'entretenait en hôte, et toute la population lui témoignait son respect. Bouddha avait choisi pour thème de sa prédication la nécessité de renoncer aux dix mauvaises actions. Tous, saisis de repentir, s'exerçaient aux dix bonnes actions. Dans ce temps-là il y avait un sthavira nommé *Chen-jeu*, propriétaire d'une immense fortune, de longue date partisan des hérétiques. Ces derniers craignaient que le succès de la prédication de Bouddha qui attirait tant d'adhérents ne réduisît leurs aumônes ; ils décidèrent le sthavira à mettre à l'épreuve l'omniscience de Bouddha (proprement du Çramaṇa) : il devait, à cette intention, faire semblant d'adhérer aux doctrines de Bouddha, l'inviter à dîner, et préparer aux portes de sa maison un fossé avec des matières inflammables, dissimulé sous des poutres de fer et sous un amas de terre : il devait, de plus, mêler du poison aux aliments qu'on lui servirait.

Le sthavira fit tous ces préparatifs, en dépit des représentations de son fils, nommé *Yue-koan* (« Lumière de la lune ») : ce jeune homme, âgé de seize ans, d'un esprit avisé et honnête, lui affirma que le Bouddha savait toutes choses, que les hérétiques étaient des sots et qu'il était impossible de se fier à eux. Le Bouddha accompagné de quatre mahârâjas, de Çakradevendra, de Brahma, de devas, de dragons, de démons et d'esprits avec tous les bhikṣus, apparut avec des sébiles. Avec une clarté d'or il éclaira toute la maison, rempli lui-même de grandeur; tous les malades furent guéris, les aveugles virent, les sourds entendirent, ceux qu'on avait empoisonnés revinrent à la santé, les fous à la raison, etc. La fosse fut changée en un grand étang avec un lotus de mille feuilles, sur lequel Bouddha passa avec ses disciples. Le sthavira, plein de repentir, voulait faire préparer un excellent repas, mais Bouddha lui ordonna de servir les aliments empoisonnés, et prononça une prédication : il dit qu'il n'existait que trois genres de poison dans le monde, la convoitise, la colère et l'ignorance, dont il était affranchi depuis longtemps, et qu'un poison de la taille du Sumeru ne saurait lui nuire, non plus qu'une fosse enflammée de la grandeur de l'Océan. Ensuite il ordonna aux convives de manger et personne n'éprouva le moindre malaise. Les hérétiques avaient disparu sans qu'on s'en aperçût. Bouddha fit une prédication sur les quatre vérités. Le sthavira confessa la foi, s'inclina et s'éloigna.

§ 6. — *Le roi des lièvres, par le sacrifice de son corps, nourrit un brahmane.*

Bodhisattva autrefois était le roi des lièvres. De ses renaissances précédentes, même sous la forme d'un lièvre, il avait gardé le don de la parole, il était plein d'honneur et de droiture, jamais il ne mentait; d'une rare intelligence, plein de compassion pour la souffrance, jamais il n'avait songé à faire le mal ni à tuer. Il occupait le premier rang au milieu d'une multitude innombrable de lièvres et il les intruisait. Telle était sa doctrine : « Votre état actuel résulte de vos renaissances précédentes. Il a quatre sources : la convoitise, la colère, l'ignorance et la paresse; les uns, dont la convoitise leur a fait commettre les dix mauvaises actions, renaissent comme pretas (énumération de leurs tortures); d'autres, en punition de leur colère, renaissent sous la forme d'animaux; d'autres, châtiés de leur ignorance, renaissent dans l'enfer (énumération des tortures de l'enfer); d'autres en raison de leur paresse, renaissent parmi les Asuras (description de leur état). De la même façon, vous êtes punis, sous la forme de lièvres. Il faut vous exercer aux dix bonnes actions ».

Un jour sa prédication fut entendue par un brahmane (*fan-tchi*), de la caste des brahmanes (*po-lo-men*), qui vivait dans une forêt. Il fut frappé de la profondeur et de l'excellence de la doctrine du Bodhisattva : il vint à lui et le pria de lui enseigner à fond sa doctrine, attendu que les leçons brahmaniques (*po-lo-men*) qu'il avait suivies d'abord, lui paraissaient aussi superflues que s'il perçait de la glace avec une vrille pour avoir de l'eau. Entretien entre le lièvre et le brahmane. Le brahmane est transporté de joie, mais il veut s'éloigner, car il a passé dix jours sans prendre de nourriture, et il craint de nuire à sa vie et d'anéantir le fruit de ses mérites antérieurs. Le lièvre, touché, le quitte au moment où il va s'endormir et le prie d'accepter au matin son offrande. Le brahme pense que [le roi des lièvres] a trouvé un cerf tombé ou une bête tuée. Le roi des lièvres, en prévision du départ du brahmane, passe la nuit à enseigner aux lièvres sa doctrine (sur l'instabilité de la vie et sur la rémunération) : il leur donne l'ordre d'amasser le matin venu le plus possible de branches sèches. Le matin, ils mettent le feu au bûcher, et le roi des lièvres dit au brahmane qu'il lui offre tout ce que sa pauvreté lui permet de donner : il se jette dans le feu. Douleur du brahmane. Il s'incline devant le cadavre du lièvre, et, l'embrassant, s'élance sur le bûcher. Apparition de Çakradevendra[1]. Le Bouddha[2] dit à tous les bhikṣus : « Le vieux solitaire, c'était *Mi-lé* (Maitreya), le roi des lièvres, c'était moi, Bouddha ».

§ 7. — *Le roi des dragons par son cœur compatissant anéantit l'inimitié.*

Bodhisattva autrefois, en punition de sa colère, tomba dans [le monde] des dragons : il eut trois venins[3] mais, en récompense d'autres actions louables, son corps avait une couleur semblable à celle des sept pierres précieuses, et qui rivalisait avec la lumière du soleil et de la lune. Entouré d'une foule de dragons, il vivait joyeusement, dansant avec les femmes des Dragons, et retiré dans un lieu solitaire de la montagne *Pi-to* : il resta dans cette situation un nombre incalculable d'années. Dans ce temps-là passa en volant le roi Garuḍa (*kin-tchi-niao*), qui voulait saisir et dévorer tous les dragons. A son approche, le vent sifflait; les ailes de Garuḍa renversaient les montagnes, pulvérisaient les pierres, desséchaient les sources de tous les fleuves. Tous les dragons, et leurs femelles, furent saisis d'effroi. Toutes les guirlandes qui paraient leurs corps tombèrent sur le sol. Le roi des dragons, confiant en la vertu de sa vie constamment irréprochable, leur ordonna de l'accompagner : il parut devant Garuḍa et lui tint le langage suivant : « Tu as constamment nourri de l'inimitié contre moi, jamais je ne t'en ai témoigné; de mauvaises actions, commises antérieurement, sont

1) Avec différentes pierres précieuses il élève un stupa.
2) Au début, il n'a pas été question de lui.
3) Le souffle, la vue, le toucher.

cause que j'ai revêtu cette forme monstrueuse; bien que j'aie les trois venins, jamais je n'ai eu de haine contre personne; je pourrais te résister, m'enfuir, en volant loin de toi, mais tous les dragons mettent en moi leur espoir... la rémunération s'attache aux mauvaises actions, si insignifiantes soient-elles, comme l'ombre suit le corps... souviens-toi des paroles de Tathâgata : ce n'est pas par la haine dans le cœur que l'on peut briser les nœuds de l'inimitié, mais seulement par la miséricorde et par la résignation ». Garuḍa, à ces mots, sentit s'évanouir son inimitié et de bons sentiments s'éveillèrent en lui; il reconnut que le roi des dragons par la vertu de sa miséricorde et de sa résignation avait apaisé sa colère, comme l'eau éteint la flamme. Le roi des dragons lui rappela qu'ils avaient tous deux autrefois reçu du Bouddha les prescriptions des vœux, mais que l'impureté de leur cœur les avait empêchés de les garder, et que, désirant la gloire, ils avaient éprouvé l'un contre l'autre de la haine et avaient été soumis à des renaissances déshonorantes..., par suite, il l'exhortait (Garuḍa) à s'exercer aux œuvres brahmaniques. Garuḍa répondit qu'à partir de ce jour il n'inquiéterait plus les dragons, et, quittant leur palais, regagna sa demeure en volant. Le roi des dragons rassura ses sujets et leur demanda s'ils avaient constaté l'effroi de Garuḍa. Tous répondirent que ses craintes avaient été très vives. Alors le roi des dragons dit que les gens qui vivent dans le monde, à la vue des dragons, éprouvent aussi un grand effroi, et que les dragons, s'ils ne peuvent se résoudre à sacrifier leur vie, ne se distinguent en rien des créatures vivantes : le thème de sa prédication fut que la miséricorde est le seul moyen efficace de résister à la haine. Un sentiment de vive compassion, à l'égal d'un excellent remède, peut guérir les graves maladies causées par les agitations (moha, *fan-nao*) des créatures vivantes : comme un clair flambeau, il peut dissiper les ténèbres amassés par les trois poisons des créatures vivantes; comme une barque il peut faire traverser à ces créatures les trois mers des tourments; comme un compagnon, il peut conduire les êtres à travers les funestes renaissances qu'accompagne la douleur de la naissance et de la mort, et semblable à la pierre précieuse maṇi (*mo-ni*), il peut satisfaire tous leurs désirs.

Cette prédication anéantit la colère de tous les dragons, et fit naître en eux le sentiment de miséricorde.

Ensuite le roi des dragons parla des qualités (*koung-té*) de l'homme qui contracte les huit vœux, et, sur la prière des dragons, énuméra en détail ces huit vœux. Il conseilla aux dragons, pour s'y exercer, de se retirer dans un endroit solitaire. (Les dragons répondirent qu'ils répugnaient à s'éloigner, même pour un temps très court, de leur roi, et que l'enseignement du Bouddha pouvait se donner en tous lieux.) Ils firent choix d'un endroit solitaire et s'occupèrent à des exercices méritoires. A la suite d'un jeûne prolongé pendant un grand nombre de jours, le roi des dragons devint d'une extrême maigreur. Des gens pervers l'aperçurent. Ils furent saisis d'un grand effroi, mais ensuite, séduits par la beauté de la peau, ils résolurent de l'enlever et de l'offrir au roi, dans l'espoir d'une bonne récompense. Désireux d'accomplir jusqu'au bout son exercice méritoire, le roi des dragons, en dépit d'une effroyable souffrance, laissa (les gens pervers) accomplir leur œuvre. Avec des couteaux pointus ils enlevèrent la peau et se retirèrent. Le roi des dragons exprima le désir que, pour prix de sa patience, dans l'avenir, l'infinie richesse de son enseignement permît à ces gens de réaliser leurs désirs. De son corps déchiré sortaient sans cesse des flots de sang qui attiraient une foule de vers. Il exprima le désir de les nourrir plus tard de son enseignement. Tous les dragons, saisis de pitié, contemplaient les souffrances de leur roi. Alors celui-ci, pour manifester que dans l'avenir il serait un Bouddha, exprima le désir que sa peau reprît son ancien aspect. Son vœu fut accompli, à la grande joie de tous les dragons.

Conclusion : ainsi Bodhisattva, au milieu de renaissances déshonorantes, par la vertu de sa miséricorde et de sa résignation observa rigoureusement ses vœux.

§ 8. *Le roi Maitrībala* (*Tzeu-li* « *la force de la miséricorde* ») *se perce le corps et donne son sang à cinq Yakṣas* (*ye-tcha*).

Bouddha se trouvait à Çrâvastî au Jetavana, et y passait la retraite estivale. Ânanda, à midi, après avoir distribué les aliments, prit une sébile et avec tous les bhikṣus entra dans un bois. Là ils se mirent en commun à rechercher pourquoi Ajñâtakauṇḍinya (*Kiao-tchen-jou*) et les quatre autres, qui, dès le début, avaient fait la rencontre du Bouddha et reçu son enseignement touchant les quatre vérités dans le jardin de Lumbinî (*Lou-yé-youan*)[1], avaient les premiers obtenu la délivrance. Ils demandent l'explication de ce fait au Bouddha. Celui-ci leur répond qu'autrefois il s'était percé le corps et que son sang leur avait sauvé la vie, avait anéanti en eux la sensation de la faim et de la soif et leur avait assuré la tranquillité. Sur la prière d'Ânanda, il fit le récit suivant :

« Autrefois dans le Jambûdvîpa vivait un roi nommé Maitrîbala. (Description de ses vastes domaines et de ses vertus, grâce auxquelles ses sujets s'exerçaient aux dix bonnes actions, sans avoir rien à craindre des démons... Ensuite, la traduction diffère du texte sanskrit : il n'est pas question de l'expulsion des Yakṣas ni de la rencontre qu'ils font du berger. De prime abord) les cinq Yakṣas vont vers le roi et disent qu'en raison de ses vertus ils ne peuvent plus trouver de nourriture. Le roi, à ces mots, est d'avis qu'il doit les sauver. Sur cinq endroits différents, il se perce le corps : les cinq Yakṣas recueillent le sang dans des coupes et s'abreuvent abondamment. Alors le roi dit que son sang a sauvé leur vie, mais, en échange de ce bienfait, il ne désire rien : que les Yakṣas, seulement, s'exercent aux dix vertus. Le roi souhaite, dans l'avenir, d'être un Bouddha, et, dès le commencement de sa prédication, avant tout, de les sauver »... Il explique alors à Ânanda que les cinq Yakṣas sont Ājñâtakauṇḍinya, etc. Tous les bhikṣus, pleins de joie se retirent.

1) [Erreur : *Lou-ye* signifie « gazelle » ; le jardin Lou-ye (*lou-ye youan*) est le mṛgadâva de Bénarès où le Bouddha instruisit en effet les cinq bhiksus.]

2

§ 9. *Des conséquences d'une aumône de peu d'importance.*

Le Bouddha se trouvait à Râjagṛha, à l'Anâthapiṇḍikârâma, qui est dans le Jetavana, avec 1250 grands bhikṣus. En ce temps-là, un marchand (*chang-tchou*) voulait avec cinq cents hommes s'embarquer sur un grand navire pour aller pêcher dans l'océan des pierres précieuses. Plein de foi, le marchand voulut recevoir dans sa demeure le Bouddha et son escorte, pour s'assurer par là le bonheur et une puissante intercession. Le Bouddha accepta l'offre (du marchand). Le lendemain matin une magnifique réception eut lieu. Quand elle fut terminée, le Bouddha, dans une prédication, exalta la vertu de l'aumône.

Un heureux retour sur cette mer si dangereuse était assuré au marchand, disait-il, s'il prenait les cinq vœux et devenait upâsaka. Le marchand s'était toujours distingué par ses vertus et par son intelligence, il connaissait parfaitement le bon et le mauvais temps, et tous le priaient d'être leur guide. Il choisit un beau jour, et ils s'engagèrent sur l'océan. Après quelques jours de navigation, de tous côtés s'élevèrent des vagues écumantes. On aperçut un esprit de la mer sous forme d'un Yakṣa : son aspect était repoussant, il était tout noir, et de sa bouche sortaient ses dents enflammées. Il saisit le navire, et demanda au marchand s'il avait vu dans le monde un être plus effrayant que lui. Le marchand[1] par une prière aux Trois joyaux chassa de son âme la frayeur et dit d'une voix forte qu'il avait vu les êtres les plus hideux, qui l'emportaient sur lui incomparablement : c'étaient ces sots qui, dans le monde, mènent une vie constamment répréhensible, accomplissent les dix mauvaises actions, s'enfoncent dans des idées fausses, et tombent dans l'enfer où les râkṣasas leur infligent d'affreuses tortures (dénombrement de ces tortures), qui sont plus effrayantes que lui, l'esprit. L'esprit,

1) Plus bas, il est constamment appelé *hien-tche* « le sage » (= Bhadra).

sans dire mot, s'éloigna. Quelques jours après il reparut sous la forme d'un homme d'une maigreur effroyable : la peau était collée sur les os. Il demanda au marchand s'il avait vu dans le monde un homme aussi maigre. Le marchand répondit qu'il en avait vu de plus décharnés : c'étaient les êtres stupides que leur avidité, leur haine, leur ignorance [de la vertu] de l'aumône, précipitent dans la condition de preta, qui ont la tête comme une grosse montagne, le gosier comme une aiguille, le visage d'un noir brûlé et qui pendant la durée d'un long kalpa n'entendront parler ni de manger ni de boire. L'esprit lâcha la barque et disparut.

Quelques jours après l'esprit de la mer reparut encore sous la forme d'un jeune homme d'une rare beauté. A sa question — le marchand avait-il jamais vu un homme aussi jeune et aussi beau ? — le marchand répondit qu'il y avait des gens qui le surpassaient infiniment, c'étaient les hommes sages, qui accomplissent les dix bonnes actions, qui, dans leur corps, dans leur langage, dans leurs pensées et leurs actions, observent constamment la pureté, croient aux Trois joyaux, leur présentent une offrande en temps opportun, et, en récompense, renaissent, après leur mort, dans le ciel, où ils brillent d'une telle beauté, que rien ne leur ressemble, dans le monde ; son aspect extérieur [celui de l'esprit] comparé au leur, ressemble à celui d'un singe aveugle, que l'on comparerait à des apsaras (*sien-gniu*). L'esprit de la mer, plein de confusion, garda le silence : reconnaissant à part lui la sagesse, l'intelligence, la souplesse dialectique du marchand, il résolut de lui poser la question la plus simple (*kin-cheu*)[1]. De la main droite il puisa quelques gouttes d'eau et lui demanda ce qui avait le plus d'étendue, les gouttes d'eau (dans le creux de la main) ou l'eau de la mer. Le marchand répondit que ces gouttes d'eau avaient plus d'étendue : l'esprit répliquant qu'il était difficile de l'en croire, celui-ci expliqua que l'eau de la mer, si considérable que fût sa

1) [Le chinois indique plutôt : sur une chose qui se présentait toute proche.]

masse, disparaîtrait avec le monde entier à la fin du kalpa, mais que ces gouttes d'eau, recueillies par un homme d'une foi pure et offertes au Bouddha, ou données à une créature vivante[1], ou présentées aux parents, ou bien à un mendiant, ou même à un oiseau, à une bête, représentent un service, une bonne action, si petite soit-elle, dont la vertu ne peut être anéantie pendant la durée de kalpas innombrables.

L'esprit de la mer, plein de joie, donna au marchand (*chang-tche*) de belles pierres précieuses de toute sorte, qu'il devait remettre au Bouddha et à sa communauté. Les marchands, de retour dans leur patrie, présentèrent au Bouddha des pierres précieuses qui leur avaient été confiées par l'esprit de la mer et d'autres qui avaient été apportées par eux : en reconnaissance de l'aide qui leur avait été donnée, ils demandèrent à devenir ses disciples, et, s'étant affranchis de tous les biens, ils parvinrent à l'état d'arhat.

§ 10. — *Tathâgata possède l'omniscience et n'envie pas le bien d'autrui.*

On lit d'abord (3 pages) la description du miracle accompli par le Bouddha au temps où il allait en prêchant : il marche dans les airs, sous ses pieds apparaît une roue à mille rais; entre chaque rais s'épanouissent 84.000 nénufars, chacun de 84.000 feuilles : sur chaque feuille sont des bouddhas, etc. Joie et admiration de Çuddhodana et de toute l'assemblée. Le Bouddha explique le bonheur de celui qui mérite de voir ce spectacle ; il s'adresse à Ânanda et lui fait connaître comment les disciples doivent se conduire après le nirvâṇa du Bouddha.

Le Bouddha descend et vient s'asseoir à sa place. Çuddhodana demande par quel moyen (*li-cheu*) le Bouddha peut

1) *Tchoung-cheng* ; toutefois on lit dans le texte tibétain (*Dzl.*, trad. allemande, p. 37) : « dem geistlichen Verein » ce qui laisse supposer que *cheng* « créature vivante » tient la place de *seng* « moine ». En raison de la similitude de son, la faute du copiste est très probable ; en outre, plus bas, on parle d'oiseaux et de bêtes féroces.

assurer aux créatures vivantes le calme, l'isolement et le contentement. Le Bouddha fait le récit suivant :

« Dans la ville de Çrâvastî chez le sthavira[1] *Siu-ta* était une vieille femme nommée *Pi-ti-lo* : elle s'occupait avec zèle du ménage, tout lui était confié. Un jour le sthavira invita le Bouddha et les bhikṣus à un repas. Il y avait des bhikṣus malades et il fallut bien des choses pour eux. La vieille femme, irritée, se plaignit avec acrimonie des « quémandeurs » (*ki-cheu*) et elle ajouta : « Quand cessera-t-on d'entendre le nom du Bouddha, le nom de la loi, de voir des gens à face rasée, avec des vêtements sales? » Ses paroles circulèrent dans la ville et arrivèrent aux oreilles de la reine *Mo-li*, qui s'en offensa fort. Elle manda la femme de *Siu-ta* pour en délibérer. Celle-ci l'apaisa, en disant que le Bouddha, vainqueur de Mâra, ne pouvait prendre souci (des vivacités) d'une vieille femme. La reine d'inviter le lendemain le Bouddha : la femme de *Siu-ta* devait envoyer la vieille économe. *Siu-ta* envoya celle-ci, avec un vase d'un grand prix plein d'ojets précieux, pour aider (les gens de la maison) dans les préparatifs de cette réception. Le Bouddha entra par la porte principale; il avait Nanda (Nan-to) à sa gauche, Ânanda à sa droite : derrière eux venaient Râhula et les autres. A la vue du Bouddha, la vieille femme, saisie d'effroi, aurait voulu se tapir dans un chenil : elle se cachait le visage avec un éventail, mais le Bouddha se tenait devant elle comme dans un miroir : elle avait beau se tourner de tous les côtés, partout, en haut, en bas, elle voyait le Bouddha; elle se couvrit le visage de ses mains, mais entre ses doigts s'insinuaient des « bouddhas magiques » (*Hoa-fo*). Elle ferma et ouvrit les yeux, mais dans les dix directions elle voyait des « bouddhas magiques ». A la vue de ce miracle 25 filles de caṇḍâlas, 50 filles de brahmanes hérétiques, 500 filles d'autres castes se convertirent. Le Bouddha leur imposa en expiation de leurs péchés, une durée de 80 koṭis de Kalpas; et

1) *Tcheng-tche* = plutôt gṛhapati « maître de maison ».

pour provoquer en elles le sentiment (littéralement « le cœur ») de l'anuttara-samyaksaṃbodhi, il leur prescrivit de prononcer son nom, c'est-à-dire « hommage au Bouddha Çâkyamouni » (*Nan-ou Cheu-kia-meou-ni-fo*) deux fois.

La vieille femme courut à la maison, et dit à son maître (*ta-kia*) que le çramaṇa Gautama était un grand magicien : elle se cacha dans un coffre de bois préalablement dissimulé sous un grand nombre de peaux de bœuf. La reine l'ayant prié de convertir la vieille femme, le Bouddha s'y refuse, mais il envoie Râhula[1]. Celui-ci prend la forme de Čakravartin, avec les 1.200 bhikṣus, comme fils; il disposait à profusion des 7 sortes de pierres précieuses et des 4 espèces de troupes [caturaṅgabala]. Sur un char précieux, dont les roues sont d'or, il apparaît dans les airs et entre dans la demeure de *Siu-ta*. Le yakṣa qui la gardait s'écrie d'une voix forte : « Le saint roi vient d'apparaître dans le monde pour bannir les gens pervers et pour répandre la doctrine suprême. « A ces mots, la vieille femme est toute joyeuse de l'apparition du Čakravartin, car elle recevra le cintâ-maṇi. Le Čakravartin s'approche, porté sur un brancard précieux, au son des cloches et du tambour. La vieille femme avance la tête hors du coffre : elle se réjouit, car elle ne pourra plus être victime des prestiges du çramaṇa. Le Čakravartin envoie vers elle son trésorier (*pao-ts'ang-tchen*), qui lui déclare que le Čakravartin veut faire d'elle son épouse (*yu-gniu-pao*). Elle refuse, alléguant l'humilité de sa condition. Le roi s'adresse à *Siu-ta*, lui dit que sa vieille [économe] (*lao-gniu*), possède tous les signes et qu'il veut faire d'elle sa femme : il obtient le consentement de ce dernier. La vieille femme conçoit une joie folle. Le Čakravartin l'illumine de pierres précieuses et elle prend la forme d'une belle femme. De nouveau, elle accuse intérieurement les çramaṇas de fierté et d'outrecuidance, et ravie de la bonté du saint roi, subite-

1) La raison en est que la racine de ses péchés est profondément enfoncée : elle n'a pas de dispositions par rapport à lui, tandis qu'auparavant elle avait des relations amicales avec Râhula.

ment rajeunie, elle tombe aux pieds du Čakravartin. Le trésorier lui transmet les instructions du roi : elle devra accomplir les dix bonnes actions. Ensuite Râhula reprend sa forme réelle. La vieille femme, à la vue de cette immense assemblée, comprend tout et pleure, affligée : elle reconnaît la pureté et la douceur de l'enseignement du Bouddha et lui demande de lui enseigner les 5 vœux. Râhula lui exposa la doctrine des 3 refuges et des 5 vœux : elle atteignit le degré de çrotâpanna. Ensuite Râhula apparaît avec elle au Jetavana : elle rend hommage au Bouddha, exprime son repentir et son désir de recevoir la doctrine du Bouddha, et de devenir religieuse. Le Bouddha lui ordonne de se montrer à *kieou-tan-mi* (Gautamî) et de se livrer avec ardeur à des exercices (pour ne pas se corrompre, comme fait un bon feutre blanc qui contracte vite des souillures). Le temps venu, elle obtint la voie d'arhat.

§ 11. *Le Bouddha verse de l'eau sur la tête d'un bhikṣu malade, et le guérit.*

Le Bouddha se trouvait à Rajagṛha, dans une pure retraite, à savoir, dans la Forêt de bambous. Un bhikṣu souffrait de hideux ulcères, d'où coulait un sang corrompu. Personne ne pouvait supporter sa vue et on l'avait relégué bien loin. Le Bouddha l'appprit. Il rendit sa suite invisible, et, paraissant être seul, s'avança vers le bhikṣu. Il lui prodigua ses caresses et le leva. Çakradevendra et tous les devakumâras furent attirés à cet endroit par une force invisible, quittèrent la salle où ils siégeaient. Le Bouddha allongea la main et de l'extrémité de ses cinq doigts fit jaillir une vive lumière, qui réunit tous les devas. De la lumière qui émanait du sommet de sa tête il éclaira le bhikṣu malade, dont les plaies furent guéries. De la main droite il répandit de l'eau sur la tête du bhikṣu, de la main gauche il polit son corps, dont la chair devint lisse. Le malade, au comble de la joie, exprima son respect pour le Bouddha[1] et le pria de lui donner le remède de la foi [de la loi] propre à guérir les plaies de son cœur. Le Bouddha dit qu'il lui avait rendu ce service en récompense d'un bienfait dont il l'avait autrefois gratifié, lui révéla la doctrine sur les quatre vérités, et celui-ci obtint la voie de l'arhat. Ensuite pour éclaircir les doutes de Çakradevendra et des autres, il fit le récit suivant :

« Autrefois existait un village (domaine, *tsiu-lo*) nommé « Croissance et augmentation » (*tseng-koan*). Le pays était très riche. On avait nommé un vieillard avec pleins pouvoirs. Bientôt un vieil upâsaka fut impliqué par un homme pervers dans une affaire et dut être mis en prison. Toutefois, le vieillard instruisit cette affaire et le fit mettre en liberté. »

Celui qui avait instruit l'affaire, c'était le bhikṣu malade; l'upâsaka, c'était le Bouddha (« dans cette circonstance c'était mon corps »). On lit ensuite[2] : « De cette façon le Bodhisattva pendant le cours de siècles innombrables, en échange de bienfaits de peu d'importance, fit de grands présents, et, devenu Bouddha, ne les oubliera jamais. Çakradevendra et les autres se réjouirent, s'inclinèrent et sortirent.

§ 12. *Vertu (=effet) d'une prière adressée aux Trois joyaux.*

Autrefois le Tathâgata, ayant apparu dans le monde, enseigna à son père et à toute la grande assemblée « les portes de la doctrine de la samâdhi de la contemplation du Bouddha » (*Koan-fo-san-meï-fa-men*. Le Tathâgata possédait les 32 signes et les 80 marques, et répandait une lumière incommensurable d'une couleur dorée. En ce temps-là, au milieu d'une réunion, 500 Çâkyas, ayant vu que le Bouddha ressemblait à un brahmane amaigri, au teint couleur de cendre, versèrent des larmes amères, s'arrachèrent les cheveux, se

1) Adoration à Çakyamuni, adoration au père grand et compatissant, adoration à l'éminent Roi des médecins.

2) (Comme si c'était la parole du Bouddha même.)

jetèrent sur le sol, et de leur bouche et de leur nez jaillit le sang. Le Tathâgata, à cette vue, les rassura, et leur fit le récit suivant :

« Jadis il y avait le Bouddha Vipaçyin (*Pi-po-chi*). Après qu'il fut entré dans le nirvâṇa, dans la seconde période (celle du bouddhisme extérieur (*siang-fa*, la loi figurée) il fut un sthavira, nommé « Les vertus de la lune » (*Yue-te*). Il avait cinq cents fils, tous intelligents, sachant beaucoup de choses, instruits dans toutes les sciences. Lui, croyait aux trois objets précieux, mais ses fils se distinguaient par leurs idées fausses et n'avaient pas la foi. Aussi firent-ils une grave maladie. Leur père, tout en pleurs, les adjura de se rappeler et d'invoquer le nom du Bouddha Vipaçyin. Quand ils eurent rendu hommage au Bouddha, à la Loi et à la Communauté, en récompense [de leur piété], ayant terminé leur vie, ils naquirent à nouveau dans les cieux des quatre mahârâjas. Quand ils eurent achevé leur temps d'existence sur cette terre, en punition de leurs idées fausses, ils furent jetés dans l'enfer, où les râkṣasas, les serviteurs infernaux, avec une fourche de fer brûlante leur crevaient les yeux. Se souvenant des instructions de leur père, ils prononcèrent « la formule de respect en l'honneur du Bouddha », sortirent libres de l'enfer, et furent appelés à une nouvelle vie au milieu des hommes, au sein de la pauvreté. Quand les Bouddhas apparurent dans le monde, ils entendirent seulement leurs noms : ils ne virent pas les Bouddhas eux-mêmes, qui étaient six en tout (y compris Vipaçyin) : Viçvabhû (*Pi-che feou-fo*), Krakucchanda (*Keou-liou-soun-fo*), Kanakamouni (*Keou-na-han-meou-ni-fo*), Kâçyapa (*Kia-che-po-fo*)[1]. Vu qu'ils avaient entendu les noms des six Bouddhas, ils obtinrent le droit, en même temps que lui, Tathâgata, de naître dans la race des Çâkyas. Le corps (de Tathâgata) était semblable à l'or Jambu (*Yan-feou*), et s'il leur apparut sous l'aspect d'un brahmane au teint couleur de cendre, cela vient de ce qu'autrefois ils

1) 4 noms seulement sont cités : à *kia-che-po* comparez le mongol *gachib*.

avaient dédaigné le Bouddha et avaient laissé s'enraciner en eux des idées fausses. Ensuite il leur ordonna de prononcer le nom des anciens Bouddhas, son nom, le nom du bouddha Maitreya (*Mi-lé*), le nom de leur père, etc., puis de se tourner vers la grande assemblée, de se jeter à terre en présence de la communauté aux grandes vertus (*ta-te seng*=*bhadanta*), et d'exprimer leur repentir des péchés qu'ils avaient commis en professant des idées fausses. Une fois qu'ils eurent exprimé leur repentir, ils virent le Bouddha sous sa forme réelle [1]. Pleins de joie, ils obtinrent le premier fruit, demandèrent au Bouddha de les recevoir parmi les moines, et peu à peu ils obtinrent le fruit de l'arhat.

Ensuite le Bouddha s'adresse à Ananda : si après le Nirvâṇa du Bouddha, on invoque son nom ou ceux des autres Bouddhas, alors le bonheur et les dons, qui en seront la récompense, seront sans mesure et sans bornes. Il fait remarquer à Ânanda que (en raison des excellentes qualités et des bonnes actions dont le Bouddha a donné l'exemple antérieurement) toute la nature est à son service et s'incline devant lui, sans en excepter la montagne Sumeru, d'une hauteur de 84.000 yojanas, ce qui égale la profondeur de la mer, ni de la montagne à l'enceinte de fer qui a 180.000 (corr. 128.000 yojanas) de hauteur.

Enfin, comme le cœur du Bouddha est pur et à l'abri de toute souillure, par quelque endroit qu'il passe, ses pieds ne sauraient se salir, les insectes et les fourmis ne sauraient lui nuire. Les raisons pour lesquelles le Bouddha ne met pas de chaussures sont de trois sortes : 1° il veut que dans le cœur des passants peu de passions s'éveillent ; 2° il désire montrer au bas du pied le signe de la roue aux mille rais ; 3° il veut que ceux qui verront ce signe éprouvent de la joie au cœur. Lorsque le Bouddha marche, ses pieds s'éloignent de la terre d'une distance de quatre pouces, de ce fait il y a aussi trois raisons : 1° il a pitié des insectes et des fourmis qui sont sur

1) La description indiquée plus haut est reproduite ici.

la terre ; 2° il veut épargner l'herbe qui croît sur le sol ; 3° il veut montrer le pied divin du Bouddha. Par conséquent, les bhikṣus doivent, conformément aux paroles du Bouddha, s'appuyer sur sa doctrine (*Kiao*), s'exercer aux œuvres morales et anéantir les tourments (*Kou-ki* « les limites des tourments »).

§ 13. *Grâces éminentes qui sont données à ceux qui édifient des « stûpas ».*

Éloge de ceux qui construisent des stûpas. Nous avons ici, visiblement, une introduction à un récit quelconque. En général, par les idées, le morceau rappelle l'introduction au 14e chapitre du Dzang-loun, bien que ce dernier parle avec un plus grand développement de l'accession à la vie monacale.

§ 14. *Vertu de l'accession à la vie monacale.*

Pendant la vie du Bouddha, à Râjagṛha était un sthavira [*tcheng-tche* = gṛhapati] nommé « l'accroissement du bonheur » (*Fou-tseng*)[1], âgé de plus de cent ans : ses dents étaient tombées, ses forces avaient décru. Il avait entendu parler de l'utilité, de la nécessité, pour qui voulait assurer son salut, de la profession monacale : il se rendit au lieu où résidait le Bouddha. Celui-ci était absent : il était allé prêcher. Le sthavira s'adressa à Çâriputra. Celui-ci, en raison de l'âge avancé du vieillard, refusa de le recevoir. Les 500 arhats opposèrent tous le même refus. Le sthavira sortit du monastère (*seu*) et pleura bruyamment. Le Bouddha venait derrière lui : il l'apaisa. Il donna l'ordre à Maudgalyâyana de le recevoir parmi les moines et d'accepter ses « vœux ». Les jeunes bhikṣus raillaient sans cesse le nouveau venu : il se précipita dans l'eau, pour se noyer. Maudgalyâ-

1) Çrîvṛddhi.

yana l'aperçut et par une force miraculeuse le fit remonter sur le rivage. Ayant appris le motif de cette tentative de suicide, il lui ordonna de saisir fortement l'extrémité de sa robe et de s'envoler vers le rivage de l'océan. Là « l'Accroissement du bonheur » vit une belle femme morte récemment. Un ver sortit de sa bouche, entra dans le nez, sortit par un œil et pénétra dans une oreille. Maudgalyâyana le rejeta à l'écart et expliqua que c'était la femme d'un grand marchand[1] de la ville de Çrâvastî. Comptant sur sa beauté, elle avait négligé les bonnes actions; et l'amour immodéré qu'elle portait à son mari l'avait jetée dans une immoralité profonde. A la fin elle se noya[2], mais la mer ne la reçut pas, et elle échoua sur le rivage. Comme elle aimait son ancien corps, elle prit la forme de ce ver. Plus tard elle sera précipitée dans l'enfer et paiera pour toutes ses actions.

Ils virent ensuite une jeune fille, qui se déshabillait elle-même et se jetait dans un chaudron rempli d'eau, posé sur un brasier. La peau et la chair diminuaient, les os se volatilisaient (en bouillant) et reprenaient ensuite leur aspect primitif. Elle saisit sa propre chair et la mangea. Maudgalyâyana expliqua [à son compagnon] que, à Çrâvastî, un upâsaka honorait les Trois joyaux, invitait les moines, et leur envoyait sans cesse par une servante des mets délicats. Celle-ci, dans une chambre retirée, mangeait ce qu'il y avait de meilleur. Le maître de la maison (*Ta-kia*) ayant fait une enquête à ce sujet, elle ouvrit la porte et déclara qu'elle ne mangeait que les restes des moines, et que si elle mangeait avant eux ce qu'il y avait de meilleur, dans une prochaine existence elle mangerait son propre corps.

Plus loin, ils aperçurent une montagne d'ossements, qui mesurait, en hauteur et en largeur, 700 yojanas : elle cachait la lumière du soleil, et son ombre obscurcissait la mer. Maudgalyâyana gravit cette montagne; alors ils aperçurent

1) *Hien-k.* : Sabo.
2) *Hien-k.* : avec son mari et 500 marchands.

un grand os de côte. « L'Accroissement du bonheur » demande ce que c'était que cette montagne d'ossements. Maudgalyâyana expliqua que ces ossements étaient ceux de son ancien corps (de « l'Accroissement du bonheur »). Celui-ci, plein d'effroi, demanda des éclaircissements. Maudgalyâyana dit : « La circulation de la vie et de la mort est indéfinie ; la rénumération du bien et du mal est infaillible, comme l'ombre et l'écho. Autrefois dans le Jambûdvîpa était un village (*tsiu-lo*), dont les habitants étaient riches. En ce temps-là vivait un sthavira [gṛhapati], nommé « l'Accroissement de la loi » (Dharmavṛddhi)[1]. Comme ses vertueux ancêtres, il avait été choisi pour gouverneur par les habitants. Mais l'oisiveté lui fit prendre l'habitude des jeux de hasard (proprement du jeu d'échecs), et des amis pervers s'emparèrent de sa volonté. Son administration tomba en décadence et la justice ne fut plus observée.

Une fois, l'attention absorbée par le jeu, il condamna à mort un prévenu. Le lendemain il se souvint de sa sentence, mais il était trop tard. Il regretta amèrement sa faute[2] et mourut peu après : il revint à la vie sous la forme d'un poisson (*mo-kie*), de 700 yojanas de long. Le Bouddha avait dit à Maudgalyâyana que tous les gouverneurs qui, confiants dans leur puissance, condamnent à mort, à la légère, le peuple, pour la plupart, renaissaient sous la forme des grands poissons makara. De petits vers, tout autour, pénètrent dans son corps, et son sang colore la mer sur une étendue de 9 li. Le poisson dort pendant cent ans : à son réveil, il boit une quantité d'eau équivalente au débit d'une grande rivière (c'est ce qui se produisit aussi chez ce poisson makara).

En ce temps-là des marchands, qui cherchaient des pierres précieuses, arrivèrent tout droit vers la gueule ouverte du poisson. Leur navire, comme s'il avait été saisi au vol, allait pénétrer dans la gueule du poisson. Tous les marchands,

1) *Hien-k.* : Dan-mo-bi-ti ; en tibétain, Tschoitschi Pagpa.
2) *Hien-k.* : il abandonna ses fonctions et se retira dans les montagnes.

avec des accents lamentables, crièrent d'une seule voix : « Hommage au Bouddha ». Le poisson, entendant le nom du Bouddha, ferma la bouche et l'eau s'arrêta. Les marchands furent sauvés, mais le poisson mourut de soif[1].

Les Yakṣas, les râkṣasas, les esprits des eaux tirèrent le poisson sur le rivage de la mer. Maudgalyâyana et « l'Accroissement du bonheur », ayant terminé leur promenade, revinrent dans la demeure du Bouddha, etc.

NOTES

§ 1er.

Il a pour correspondant le chapitre II du *Dzl.*, mais, dans ce dernier, le commencement est autre : « Le Bouddha à Çrâvastî : il va recueillir des aumônes. Les deux fils d'une vieille femme sont conduits au lieu d'exécution pour avoir volé. Tous les trois, voyant le Bouddha, le supplient de les sauver Le Bouddha envoie Ânanda vers le roi et les délivre de la mort. Tous trois se font moines. Ensuite, en réponse à une question d'Ânanda, le Bouddha fait son récit. Les noms sont semblables (dans le *Hien-k.* les deux premiers diffèrent : le nom du roi Mahâratna (Mo-lo-tan-na) est traduit par *ta hao* « la grande pierre précieuse » ; le fils aîné s'appelle *Mo-ho-fou-na-ning* (son nom n'est pas traduit). La tigresse a deux petits. C'est le plus jeune frère qui commence l'entretien : les aînés se bornent à répondre et à acquiescer. La reine voit en songe seulement trois colombes. Mahâsattva renaît dans le ciel Tusita, voit la tristesse de ses parents et apparaît pour les consoler. On dépose les ossements dans un coffret (*han*) fait des sept pierres précieuses, et on les ensevelit : et par dessus on érige un stûpa. L'identification qui suit est la même; seulement, le second fils est Vasumitra (*Po-siu-mi-to*) ; la tigresse et ses deux petits sont la vieille femme et ses deux fils.

Dans le *Piao-mou* (chap. v, l. 19) et dans le *Kan-lou* (chap. IV, l. 4') un sûtra, dont le contenu est le même, est indiqué (*Pou-sa*) *téou-chen-ngo-hou-ki-t'a-in-yuen-king* (Nanjio, n° 436 ; éd. jap., boîte IV, vol. 10) traduit par le çramaṇa Ta-cheng du Kao-tchang. Il y a douze feuilles

1) *Hien-k.* : et revint à la vie à Râjagṛha.

dont le contenu est le suivant : « Le royaume s'appelle *Kien-to-mo-ti*, le roi *Kien-to-chi-li*, la reine *Tch'a-mo-mou-kia*, leur fils *Tchian-tan-mo-ti*. Le fils du roi distribue tout son bien aux pauvres, se vend à un grand seigneur nommé *Ché-ye*, et est vendu comme esclave à un brahmane. Envoyé avec l'ordre d'abattre du bois, il trouve une souche de candana « de tête de vache » (*goçirsa*; *niou-teou-tchan-tan*) du poids de 100 livres (*kin*); il guérit d'une maladie le roi *Peï* (*Feï*)-*ti-che*. Ce dernier lui donne ses biens pour qu'il les distribue aux misérables... Ensuite, le roi se retire dans les montagnes, mène une existence méritoire pendant de nombreuses années. Une fois il aperçoit une tigresse couverte de neige... elle avait *sept* petits... depuis trois jours elle n'avait pas mangé... Des ermites virent des montagnes ce spectacle et demandèrent : « Qui peut se sacrifier pour la sauver ? » Le fils du roi en exprime le désir et communique son intention à son maître principal et à ses 500 compagnons (*toung-sio*, condisciples). Ceux-ci, les larmes aux yeux, l'escortent. Dans le même temps le sthavira (*tch'eng-tche*, *grhapati*) *Fou-lan* apporta de la nourriture, à la tête de 500 hommes et femmes (pour les ermites). On entoure le fils du roi, et celui-ci, sur un rocher, au milieu d'eux, fait le serment de sauver tous les êtres, etc. »

Le roi, père [du jeune homme] était Çuddhodana, — sa femme, Mâyâ — le fils du roi, le Bouddha, — le grand seigneur *Che-ye*, Ânanda, — — le maître (*sien-ta-cheu*) Maitreya, — le roi *Peï-ti-che*, Nanda, — le brahmane, *Lo-iun* [Râhula].

Cette variante est intéressante en ce qu'elle représente un récit intermédiaire entre le jâtaka sanskrit et le jâtaka chinois (§ 1); ainsi le Bodhisattva est à la fois fils du roi et ermite: un maître principal y figure aussi, qui a pour élève le fils du roi.

§ 2.

Dzl. chap. I. Le roi est Chi-bi, la capitale dans le *Hien-k.* est *Ti-po-fa-ti* Devavatî, Devavarta dans Schmidt, le grand seigneur [s'appelle] *Pi-cheou-kie-mo*, Viçvakarman.

Hien-k. § 33. Le roi Chi-pi s'arrache les yeux et les donne à un faucon.

A Bénarès (Po-lo-naï-go) règne le roi Chi-pi. Le royaume et les habitants sont prospères. Chi-pi ne se lasse pas de les combler de grâces et de leur venir en aide. Sa libéralité infatigable ébranle le palais de Çakradevendra. Celui-ci, pensant que sa fin est venue, se met à considérer. Il aperçoit le roi Chi-pi. Pour l'éprouver, il vole vers le roi sous la forme d'un grand faucon : le roi, lui a-t-on-dit, ne sait rien refuser à personne: aussi s'est-il envolé vers lui. Chi-pi répond qu'il donnera au faucon tout ce que celui-ci lui demandera. L'oiseau demande les yeux du roi. Celui-ci, avec allégresse, prend un couteau pointu, s'arrache les yeux et les donne au faucon, sans témoigner la moindre souffrance, ni le moindre sentiment de regret. Çakradevendra pose la question ordinaire, à laquelle est faite la réponse [connue] : comme le roi n'a pas regretté [son sacrifice], ses yeux lui sont rendus sous leur forme primitive.

Le récit est fait à propos du bhiksu aveugle Chi-po, à qui le Bouddha a mis le fil dans l'aiguille [?]. Chi-po est le faucon, Chi-pi est le Bouddha.

§ 3.

Dzl., chapitre supplémentaire. Dans le royaume de Schiri Badira, c'est-à-dire Çrî-Bhadra, le roi a 1.000 fils. Le ministre Râhula a tué le roi, s'est emparé de son trône et a fait égorger ses fils Le plus jeune, (Bouian orochiksan) averti par un yaksa de ce qui s'est passé dans le jardin, échappe au massacre avec son fils Saïn toüroültou[1]. Les deux routes réclament, l'une *sept* jours, l'autre *douze* jours de marche. Khormusta apparaît d'abord au jeune garçon sous les traits d'un mendiant, qui lui demande un morceau de chair, laissé par ses parents; puis il se métamorphose en tigre... Les parents reviennent vers leur fils. Râhula est chassé avec l'aide d'un roi sur le territoire duquel ces derniers sont entrés fortuitement. *Saïn toüroültou* monte sur le trône.

Hien-k. § 7. Ce chapitre ressemble au chapitre du *Dzl.* : seulement le Bouddha est dans le royaume de *Lo-yue-tcheu* (*Râjagrha*. Le royaume es nommé Te-tcha-chi-li [Taksaçilâ]. Le plus jeune fils du roi (âgé de 10 ans) porte le nom de Siou-ti-lo-tchi [éd. jap. *Siu-po-lo-ti-tcheu* = Supratistha], traduit par Chen tchou [bien établi]. Son fils s'appelle Susuta (*Siu-che-ti* [Sujâti], traduit par Chen-cheng) [bonne naissance]. Les routes réclament 7 et 14 jours de marche. Le trône est occupé successivement par le père et par le fils.

§ 4.

Dans le § 14 du *Hien-k.*, le père du monstre s'appelle *Mo-ho-chekieou-li*, le prince héritier [*To-lo-heou-cheu* (ou *to*)], traduit par *tchouou* [souche, arbre sans branches; le père de la jeune épouse, Liu-chi-po-tso [*Rsivatsa*]. Le nom de l'héritier du trône est changé en *Siu-t'o-lo-chen* [Sudarçana?].

1) Ces deux noms correspondent aux noms chinois.

§ 5.

Le *Piao-mou* (ch. IV, l. 1*) et le *Kan-lou* (ch. III, l. 6*) contiennent trois sûtras, cités à des moments différents, qui racontent cette même histoire : le *Yue-koang* (*Yue-ming*) *t'oung-tzeu-king*, le *Chan-jeu-eul-king*, et le *Te-hou-tch'eng-tche-king*; Nanjio, n° 230-232 [éd. jap., boîte VI, vol. 6]). Dans le *Kan-lou* le titre sanscrit : Çrîgupta-nâma-sûtra s'applique au 2e sûtra : pour le troisième, il est légèrement modifié. Il devient *Chi-li-kieou-to-tch'eng-tche-king* c'est-à-dire Çrîgupta-sthavira (corr. g*r*hapati ou çre*s*thi]-sûtra. Le 1er sûtra a dix feuilles : l'aîné des fils y porte le nom de *Yue-koang*, « Lumière de la lune » ; dans ses traits généraux, il ressemble au jâtaka, mais il est plus détaillé. Le 2e sûtra a trois feuilles : il est plus condensé et se rapproche davantage du jâtaka. Il se termine par la prédication sur les 3 poisons et par la communication des 5 vœux au sthavira [g*r*hapati], comme dans le jâtaka. Le 3e a deux chapitres. Il est plus détaillé, attendu qu'il raconte un très grand nombre de miracles, habituels au bouddhisme, et d'apparitions d'esprits; grand nombre de stances.

§ 6.

Bouddha est à Çrâvasti, dans l'Anâthapi*nd*ikârâma, dans le jardin du Jetavana. Le sthavira [g*r*hapati *Pa-ti*] s'est fait moine, mais son cœur est resté attaché aux joies du siècle. Le Bouddha le mande par l'intermédiaire d'Ânanda et lui ordonne de mener une vie méritoire dans une forêt. Il obtient la condition d'arhat. Les Bhiksus demandent pourquoi il est favorisé d'un tel bonheur. Le Bouddha répond que lui, le Bouddha, non seulement maintenant, mais déjà dans le passé a éclairé *Pa-ti*. Il fait ce récit : « Dans le royaume de *Po-lo-naï* (Bénarès) vivait, au milieu d'une forêt, un r*s*i qui se nourrissait de fruits et d'eau. A la suite d'une sécheresse, il voulut se rendre dans un village, pour ne pas mourir de faim. En ce temps-là, le Bodhisattva était roi des lièvres. Il demande au r*s*i d'attendre jusqu'au lendemain : il lui apportera quelques aliments. Il le prie de recevoir un précieux enseignement. (Le reste concorde : le Bouddha instruit le r*s*i, puis s'élance sur le bûcher.) Le r*s*i, profondément affligé, ne peut manger, mais il construit un stûpa. Le Bodhisattva, roi des lièvres, était le Bouddha, le r*s*i était *Pa-ti*. »

§ 8.

Le *Dzl.* ne présente que des différences insignifiantes. *Hien-k.* § 13. Le nom du roi *Mi-kia-lo-po-lo* est traduit par *Tseu-li* (« la force de la miséricorde » [= maitrîbala]).

§ 9.

Le chapitre v du *Dzl.* et le § 5 du *Hienk.* sont identiques : il ne manque que le début, où il est question du marchand et des instructions du Bouddha. Les marchands se décident, du premier coup, à agréer comme pilote un homme expérimenté et prennent l'upâsaka, qui a contracté les cinq vœux. Par contre, à la fin du récit, quelques mots de conclusion dépeignent la joie de toute l'assemblée.

§ 10.

A *Siu-ta* le San-ts'ang consacre 2 sûtras : le *San-koei-ou-kie-tseu-sin-yen-li-koung-te-king* et le *Siu-ta-king* (Nanjio, n° 605-606 [éd. jap., boîte XII, vol. 8]). D'après le *Piao-mou*, ils ressemblent au *Siu-to-ta-king* dans le 39e chapitre du Madhyama âgama (Nanjio, n° 542 [éd. jap., boîte XII, vol. 6]. Les deux sûtras sont courts (le 1er est d'une feuille, le 2e de 3 feuilles 1/2) et ne contiennent que la prédication, sur la valeur prépondérante et incomparable de l'aumône et la confession des trois refuges, faite au sthavira Siu-ta ; on cite en exemple l'antique brahmane *Pi-lo-mo* (1er sûtra) ou *Pi-kien* (2e sûtra) qui distribue d'immenses aumônes. Les deux sûtras ne disent mot de notre histoire.

§ 14

Le chapitre xv du *Dzl.* et le § 18 du *Hien-k.* qui correspondent à ce jâtaka commencent par une glorification des mérites de celui qui entre dans la vie monacale ou engage les autres à l'adopter (ce mérite est infiniment plus élevé que l'aumône). Le sthavira porte le nom de *Paltschei* Çrivrddhi (*Chi-li-pi-ti*, traduit par *Fou-tseng*). Il est repoussé par Çâriputra, Mahâkâçyapa, Upâli, Aniruddha, et par 500 autres arhats. Le voyage aérien qui suit est, en général, plus détaillé : en outre, Maudgalyâyana montre un plus grand nombre de spectacles (ainsi, après la femme qui dévore sa propre chair, il montre un arbre, que des vers couvrent, et qui gémit bruyamment, un jeune homme, entouré d'hommes armés à têtes de bêtes féroces, un homme qui se jette du haut d'une montagne sur des épées). De plus, il ne donne pas l'explication immédiatement, mais il dit : « Quand le moment sera venu, je raconterai ». Il éclaircit tous les mystères après qu'ils ont vu la montagne d'ossements. Les éclaircissements sont plus développés.

COMPARAISON DES CHAPITRES DES TRADUCTIONS TIBÉTAINE ET CHINOISE DE L'OUVRAGE « LE DAMAMÛKA »

Dzang-loun	Hien-yuei-yuen king
I-VI	I-VI
VII-XIV	VIII-XV
XV-XXI	XVIII-XXIV
XXII	XXVI
XXIII	XXXIII
XXIV	XXXI
XXV	XXXII
XXVI-XXIX	XXXIV-XXXVII
XXX	XXXIX
XXXI-XXXIII	XLVIII-L
XXXIV	XXV
XXXV	XXVII
XXXVI	LI
XXXVII	LIII
XXXVIII	LXVI
XXXIX	LII
XL-XLII	LIV-LVI
XLIII-XLVI	LXII-LXV
XLVII	LXVII
XLVIII-XLIX	LX-LXI
L-LI	LXVIII-LXIX
(LII)	VII

On trouve donc dans le *Hien-yu-in-yuen king*, 17 chapitres de plus. Je donne ci-après leurs titres[1].

XVI. Le roi « la Grande lumière » *Ta-koang-ming* pour la première fois manifeste une tendance à la sainteté (cf. XLIV).

XVII. L'upâsaka *Mo-ho-seu-na* (Mahâsena).

XXVIII. 500 aveugles vont à la recherche du Bouddha (qui va de royaume en royaume).

XXX. Conversion de *Ni-ti* (il a contracté des impuretés dans la ville de Çrâvasti).

XXXVIII. *Kai-cheu*, 2 rois : Brahmadeva, qui possède 3 rivières, et

1. L'existence d'une rédaction chinoise plus développée a été pour la première fois signalée par St. Julien (*Mémoires sur les Contr. Occ.*, II, XVIII-XIX).

Vajragañja (*Fa-ché-kien* ou : *to ti* « amas de diamants »), qui possède une rivière.

XL. Suprématie d'Ananda.

XLI. Un upâsaka, est tué par son frère aîné (pour avoir épousé sa femme, pendant une absence où il n'avait pas donné de nouvelles).

XLII. Un fils par erreur tua son père.

XLIII. *Siu-ta* fonde « une pure retraite ». Controverse de Çarîputra avec l'élève des 6 tìrthikas.

XLIV. Le roi « la Grande lumière » (*Ta-koang-ming-wang*) manifeste pour la première fois une très haute intention, c'est-à-dire une tendance vers l'anuttara).

XLV. *Le-na-che-ye* [Ratnajaya] (grand *sa-po* dans le royaume de Bénarès, le roi *Fan-mo-ta*).

XLVI. *Kia-pi-li* (« la Tête jaune ») le grand poisson aux cent têtes.

XLVII. Le deva « Pure-Retraite » demande l'ablution.

LVII. *Po-po-li* (nom d'homme) ; un fils naît, à qui un devin donne le nom de Maitreya.

LVIII. Deux perroquets entendent l'enseignement des quatres vérités.

LIX. Une corneille entend les bhiksus parler de l'enseignement, et elle renaît dans le ciel.

Table des matières du recueil des 101 jâtakas

1. Premier avadâna (le maître, la tigresse).
2. Jâtaka du roi du pays de Çibi[1].
3. (Kulmâsapi*ndî*).
4. Le chef des marchands.
5. L'invincible chef des marchands.
6. Le lièvre.
7. Âgasta (Âgastya).
8. « La vertu de la miséricorde ».
9. « Celui qui sauve tous les êtres ».
10. Celui qui accomplit le sacrifice.
11. Indra.
12. Le brahmane.
13. L'affolante.
14. Celui qui arrive bien à l'autre bord.

1. La même formule est partout répétée : pour abréger, j'indiquerai simplement la forme sous laquelle le personnage renaît.

15. Le poisson.
16. Le petit de la perdrix (de la gélinotte).
17. Le vase.
18. Le riche de race royale.
19. « La racine du lotus ».
20. Le chef des marchands [1].
21. (Cu*dd*abodhi).
22. Le cygne,
23. « La grande sainteté ».
24. Le grand singe.
25. L'animal Çarabha.
26. L'animal Ruru.
27. Le roi des singes.
28. « Celui qui parle de la résignation ».
29. Brahma.
30. L'éléphant.
31. Le fils (d'un certain) Sudâsa.
32. La naissance dans une maison de fer.
33. Mahe [mahisa].
34. L'oiseau qui perce (?) le bois (le pic?). Ici se termine l'ouvrage d'Âryaçûra. 1-34 = Jâtakamâlâ.
35. Le roi des lions [2] « Le vœu fermement maintenu ».
36. Le capitaine du navire « La grande assiduité ».
37. Le roi « La couleur rouge (Suvar*n*a-var*n*a) ».
38. L'animal sauvage Kunda [3].
39. L'humble origine (le bourreau Ca*nd*âla?).
40. Le Bhiksu « La lumière de la gloire ».
41. Le maître de la maison « Celui qui désire la solitude ».
42. Le roi « La lampe qui éclaire ».
43. Le Bodhisattva « Le lièvre qui se plaît dans la solitude ».
44. Le roi (Sarvajña?).
45. Deux jeunes gens (enfants).
46. Le roi (? Ugradatta).
47. Le Bodhisattava « Le don du bien, le bonheur ».
48. Le bhiksu « La lumière de l'agrément, de la gloire ».
49. Le lotus (litt. celui qui est né dans l'eau).
50. Le roi « qui se plaît manifestement à toutes sortes de mondes » ['jig-rten-sna-tsogs-la-mñon-par-dga'-ba].

1. Cf. le 4e récit.
2. Dans le *Dzl.* le ch. XLIX porte ce titre : Sen-ga-yi-dam-brtan-pa ; le *Hien-k.* mentionne aussi son nom sanscrit *Tchia-kia-lo-pi*, ce qui en traduction signifie *kien-cheu* (le ferme serment).
3. *Dzl.*, ch. XIV.

51. Le roi Brahmadatta.
52. Le Bodhisattva « qui désire chercher complètement la foi ».
53. « Celui qui possède la connaissance ».
54. Chu-'ber (?)-ma (?).
55. Me-lon-gdon. Cf. Dzl., XXXI.
56. Le brahmane.
57. « L'intelligence hardie, l'esprit ».
58. Le roi des dragons (Nâgarâja).
59. Chu-sreg ?
60. Le maître « Les diverses connaissances ».
61. Le capitaine du navire « La grande magnanimité ».
62. Rgyal-po-gzon-nu-sñin-rje-cher-sems (?).
63. L'enfant « L'étoile ».
64. Indra (v. 11).
65. Le maître-brahmane.
66. Le danseur.
67. Na-la-nu (?).
68. Le roi des dragons (v. 58).
69. Yan-lag-ma-smad.
70. Le fils du brahmane « le nuage » Meghakumâra).
71. Le roi « qui a la lumière ».
72. Le brahmane « La voix très célèbre ».
73. Celui qui orne (le décorateur).
74. « Le noble ».
75. L'éléphant aux sept défenses (Saddanta).
76. Le Parivrâjaka « Le lever » [Udaya ?].
77. Le roi « qui a la richesse ».
78. Le brahmane « La joie de la lune ».
78. Le roi « Le ciel ».
80. Le noble, le gentilhomme.
81. « La grande force de l'âme ».
82. Le roi « La lumière de la lune »[1].
83. Le roi Çibi.
84. Le maître « la jante de roue ».
85. Le Bodhisattva « qui oppose la résignation à l'outrage ininterrompu ».
86. Le lion.
87. Le capitaine du navire.
88. « La richesse brillante ».

1. *Dzl.*, ch. XXII. Le *Hien-k.* donne le nom sanskrit Tchan-to-po-lo-pi (Candraprabha).

89. Suçadeva.
90. « La vertu ».
91. « La belle lumière ».
92. Le *rsi*.
93. L'intelligence...
94. Le bleu-clair.
95. Ni-sre*n*-spo*n*.
96. Le chameau.
97. Le pourtour.
98. La contenance du bhik*s*u (de la bhik*s*u*n*i) Utpalâ[1].
99. Le Bodhisattva « de la vaillance ».
100. « Le vif éclat, la magnificence ».
101. Le Bodhisattva « qui possède tous les avantages ».

Traduit du russe par M. DUCHESNE.

1. Cf. *Dzl.*, xxv.

Angers. — Imp. A. Burdin et Cie, rue Garnier, 4.

www.ingramcontent.com/pod-product-compliance
Ingram Content Group UK Ltd.
Pitfield, Milton Keynes, MK11 3LW, UK
UKHW021121230726
13926UKWH00002B/594

9 782013 584876